백록담

# 백록담

정지용 지음

더스토리

| 차례 |

| **일러두기** | 독자들이 읽기 불편할 정도의 맞춤법과 띄어쓰기는 현대 표준어 규정에 맞춰 수정했지만, 시인의 작품성을 훼손하지 않기 위해 표준어 규정에 어긋나는 부분이 있어도 그대로 살린 경우도 있습니다.

# 백록담

# I

# 장수산 1

벌목정정(伐木丁丁) 이랬거니 아람도리 큰 솔이 베혀짐즉도 하이 골이 울어 멩아리* 소리 쩌르렁 돌아옴즉도 하이 다람쥐도 좇지 않고 묏새도 울지 않어 깊은 산 고요가 차라리 뼈를 저리우는데 눈과 밤이 조히*보담 희고녀! 달도 보름을 기다려 흰 뜻은 한밤 이 골을 걸음이랸다? 웃절 중이 여섯 판에 여섯 번 지고 웃고 올라간 뒤 조찰히* 늙은 사나이의 남긴 내음새를 줍는다? 시름은 바람도 일지 않는 고요에 심히 흔들리우노니 오오 견디랸다 차고 올연(兀然)히 슬픔도 꿈도 없이 장수산 속 겨울 한밤내—

* 멩아리 : 메아리
* 조히 : 종이
* 조찰히 : 조촐히

# 장수산 2

풀도 떨지 않는 돌산이오 돌도 한 덩이로 열두 골을 고비고비 돌았세라 찬 하늘이 골마다 따로 씌우었고 어름*이 굳이 얼어 드딤돌이 믿음즉 하이 꿩이 기고 곰이 밟은 자옥에 나의 발도 놓이노니 물소리 귀또리*처럼 즉즉(喞喞)하놋다 피락 마락 하는 햇살에 눈 위에 눈이 가리어 앉다  흰 시울* 아래에 흰 시울이 눌리어 숨쉬는다 온 산중 내려앉는 휙진* 시울들이 다치지 안히! 나도 내던져 앉다 일즉이 진달래 꽃그림자에 붉었던 절벽(絶壁) 보이한 자리 위에!

* 어름 : 얼음
*귀또리 : 귀뚜라미
*시울 : 약간 굽거나 휜 부분의 가장자리
*휙진 : 두드러지는

# 백록담

1

절정(絶頂)에 가까울수록 뻑국채 꽃키가 점점 소모된다. 한마루 오르면 허리가 스러지고 다시 한마루 위에서 모가지가 없고 나종에는 얼굴만 갸웃 내다본다. 화문(花紋)처럼 판박힌다. 바람이 차기가 함경도 끝과 맞서는 데서 뻑국채 키는 아주 없어지고도 팔월 한철엔 흩어진 성진(星辰)처럼 난만(爛漫)하다. 산그림자 어둑어둑하면 그러지 않어도 뻑국채 꽃밭에서 별들이 켜든다. 제자리에서 별이 옮긴다. 나는 여기서 기진했다.

2

암고란(巖古蘭), 환약(丸藥)같이 어여쁜 열매로 목을 축이고 살어 일어섰다.

3

백화(白樺) 옆에서 백화가 촉루(髑髏)가 되기까지 산다. 내가 죽어 백화처럼 흴 것이 숭없지 않다.

4

귀신도 쓸쓸하여 살지 않는 한 모롱이, 도체비꽃이 낮에도 혼자 무서워 파랗게 질린다.

5

바야흐로 해발 육천 척 위에서 마소가 사람을 대수롭게 아니 여기고 산다. 말이 말끼리 소가 소끼리, 망아지가 어미소를 송아지가 어미말을 따르다가 이내 헤어진다.

6

첫 새끼를 낳노라고 암소가 몹시 혼이 났다. 얼결에 산길 백 리를 돌아 서귀포로 달어났다. 물도 마르기 전에 어미를 여읜 송아지는 움매- 움매- 울었다. 말을 보고도 등산객을 보고도 마구 매여 달렸다. 우리 새끼들도 모색(毛色)이 다른 어미한틔 맡길 것을 나는 울었다.

7

풍란(風蘭)이 풍기는 향기, 꾀꼬리 서로 부르는 소리, 제주 휘파람새 휘파람 부는 소리, 돌에 물이 따로 구르는 소리, 먼 데서 바다가 구길 때 솨- 솨- 솔소리, 물푸레 동백 떡갈나무 속에서 나는 길을 잘못 들었다가 다시 칡넌출 기어간 흰돌바기* 고부랑길로 나섰다. 문득 마주친 아롱점말이 피하지 않는다.

8

고비 고사리 더덕순 도라지꽃 취 삿갓나물 대풀 석이(石茸) 별과 같은 방울을 달은 고산식물을 새기며 취하며 자며 한다. 백록담 조찰한 물을 그리어 산맥 위에서 짓는 행렬이 구름보다 장엄하다. 소나기 놋낫* 맞으며 무지개에 말리우며 궁둥이에 꽃물 이겨 붙인 채로 살이 붓는다.

9

가재도 기지 않는 백록담 푸른 물에 하늘이 돈다. 불구에 가깝도록 고단한 나의 다리를 돌아 소가 갔다. 쫓겨온 실구름 일말(一抹)에도 백록담은 흐리운다. 나의 얼굴에 한나절 포긴 백록담은 쓸쓸하다. 나는 깨다 졸다 기도(祈禱)조차 잊었더니라.

* 흰 돌바기 : 흰 돌 박힌
* 놋낫 : 빗발이 굵고 곧게 뻗치며 내리 쏟아지는 모양

## 비로봉

담장이
물 들고,

다람쥐 꼬리
숯이 짙다.

산맥 위의
가을 길—

이마 바르히
해도 향그롭어

지팡이
자진 마짐*

흰 들이
우놋다.*

백화 홀홀
허울 벗고,

꽃 옆에 자고
이는 구름,

바람에
아시우다.*

* 자진 마짐 : 자주 디디는 모양
* 우놋다 : 우는구나
* 아시우다 : 빼앗기다

## 구성동(九城洞)

골작에는 흔히
유성(流星)이 묻힌다.

황혼에
누뤼*가 소란히 쌓이기도 하고,

꽃도
귀향 사는 곳,

절터드랬는데
바람도 모이지 않고

산 그림자 설핏하면
사슴이 일어나 등을 넘어간다.

* 누뤼 : 우박

## 옥류동

골에 하늘이
따로 트이고,

폭포 소리 하잔히*
봄우뢰를 울다.

날가지 겹겹이
모란 꽃잎 포기이는듯.

자위 돌아* 사폿* 질듯
위태로이 솟은 봉오리들.

골이 속 속 접히어 들어
이내(晴嵐)가 새포롬 서그럭거리는 숫도림.*

꽃가루 묻힌 양 날라올라
나래 떠는 해.

보랏빛 햇살이
폭(幅)지어 빗겨 걸치이매,

기슭에 약초들의
소란한 호흡!

들새도 날러들지 않고
신비가 한끗 저자 선 한낮.

물도 젖여지지 않어
흰 돌 위에 따로 구르고,

닦어 스미는 향기에

길초마다 옷깃이 매워라.

귀또리도

흠식한 양*

옴직

아니 긴다.

* 하잔히 : 잔잔하고 한가로이
* 자위 돌아 : 무거운 물건이 붙박이로 놓여 있던 자리를 빙 돌아나가다
* 사폿 : 소리가 거의 나지 않을 정도로 발을 가볍게 내딛는 소리
* 도림 : 사람이 별로 가지 않는 외진 곳
* 흠식한 양 : 흠칫 놀란 양

# 조찬(朝餐)

햇살 피어
이윽한 후,

머흘 머흘
골을 옮기는 구름.

길경(桔梗)* 꽃봉오리
흔들려 씻기우고.

차돌부터
촉 촉 죽순 돋듯.

물소리에
이가 시리다.

앉음새 갈히여
양지 쪽에 쪼그리고,

서러운 새 되어
흰 밥알을 쫏다.

* 길경(桔梗) : 도라지

# 비

돌에
그늘이 차고,

따로 몰리는
소소리바람.

앞섰거니 하야
꼬리 치날리여 세우고,

종종 다리 깟칠한
산새 걸음걸이.

여울 지여
수척한 흰 물살,

갈갈히
손가락 펴고.

멎은 듯
새삼 듣는* 비낱*

붉은 잎 잎
소란히 밟고 간다.

* 듣는 : 떨어지는
* 비낱 : 비의 낱낱으로 빗방울 하나하나

# 인동차

노주인의 장벽(腸壁)에
무시로 인동(忍冬) 삼긴 물이 내린다.

자작나무 덩그럭 불이
도로 피여 붉고,

구석에 그늘지여
무가 순 돋아 파릇하고,

흙냄새 훈훈히 김도 사리다가
바깥 풍설(風雪) 소리에 잠착하다.*

산중에 책력(冊曆)도 없이
삼동(三冬)이 하이얗다.

* 잠착하다 : '참척하다'로 한 가지 일에 정신을 쏟아 다른 생각이 없다

# 붉은 손

어깨가 둥글고
머릿단이 칠칠히,
산에서 자라거니
이마가 알빛같이 희다.

검은 버선에 흰 볼을 받아 신고
산과일처럼 얼어 붉은 손,
길 눈을 헤쳐
돌 틈에 트인 물을 따내다.

한줄기 푸른 연기 올라
지붕도 햇살에 붉어 다사롭고,
처녀는 눈 속에서 다시
벽오동(碧梧桐) 중허리 파릇한 냄새가 난다.

수집어 돌아앉고, 철 아닌 나그네 되어,
서려오르는 김에 낯을 비추우며
돌 틈에 이상하기 하늘 같은 샘물을 기웃거리다.

# 꽃과 벗

석벽(石壁) 깎아지른
안돌이 지돌이,*
한나절 기고 돌았기
이제 다시 아슬아슬하고나.

일곱 걸음 안에
벗은, 호흡이 모자라
바위 잡고 쉬며 쉬며 오를 제,
산꽃을 따,
나의 머리며 옷깃을 꾸미기에,
오히려 바빴다.

나는 번인(蕃人)처럼 붉은 꽃을 쓰고,
약하야 다시 위엄스런 벗을
산길에 따르기 한결 즐거웠다.

새소리 끊인 곳,
흰 돌 이마에 회돌아서는 다람쥐 꼬리로
가을이 짙음을 보았고,

가까운 듯 폭포가 하잔히 울고,
멩아리 소리 속에
돌아져 오는
벗의 부름이 더욱 고왔다.

삽시 엄습해 오는
비낱을 피하야,
짐승이 버리고 간 석굴을 찾어들어,
우리는 떨며 주림을 의논하였다.

백화가지 건너
질푸르러 찡그린 먼 물이 오르자,
꼬아리* 같이 붉은 해가 잠기고,

이제 별과 꽃 사이
길이 끊어진 곳에
불을 피고 누웠다.

낙타털 케트*에
구기인 채
벗은 이내 나비같이 잠들고,

높이 구름 위에 올라,
나룻이 잡힌 벗이 도로혀*
아내같이 여쁘기에,
눈 뜨고 지키기 싫지 않었다.

* 안돌이 지돌이 : 바위를 안고 도는 곳과 지고 도는 곳
* 꼬아리 : '꽈리'의 변형
* 케트 : 키트(Kit)
* 도로혀 : 도리어

# 폭포

산골에서 자란 물도
돌베람빡* 낭떠러지에서 겁이 났다.

눈뎅이 옆에서 졸다가
꽃나무 아래로 우정 돌아

가재가 기는 골작
죄그만 하늘이 갑갑했다.

갑자기 호숩어질랴니*
마음 조일 밖에.

흰 발톱 갈갈이
앙징스레도 할퀸다.

어쨌던 너무 재재거린다.
내려질리자 쫄뺏 물도 단번에 감수했다.

심심산천에 고사리밥
모조리 졸리운 날

송홧가루
노랗게 날리네.

산수 따러 온 신혼 한 쌍
앵두같이 상기했다.

돌뿌리 뾰죽뾰죽 무척 고부라진 길이
아기자기 좋아라 왔지!

하인리히 하이네적부터
동그란 오오 나의 태양도

겨우 끼리끼리의 발꿈치를
조롱조롱 한나절 따러왔다.

산간에 폭포수는 암만해도 무서워서
긔염 긔염* 기며 내린다.

* 돌베람빡 : 돌벼랑
* 호숩어질랴니 : 떨어지려니
* 긔염 긔염 : 기어가는 동작

# 온정(溫井)

그대 함께 한나절 벗어나온 그 머흔* 골작이 이제 바람이 차지하는다 앞 나무의 곱은 가지에 걸리어 바람 부는가 하니 창을 바로 치놋다* 밤 이윽자 화롯불 아쉬워지고 촛불도 추위 타는 양 눈썹 아사리느니* 나의 눈동자 한밤에 푸르러 누은 나를 지키는다 푼푼한 그대 말씨 나를 이내 잠들이고 옮기셨는다 조찰한 벼개로 그대 예시니* 내사 나의 슬기와 외롬을 새로 고를밖에! 땅을 쪼기고 솟아 고이는 태고로 한 양 더운 물 어둠 속에 홀로 지적거리고 성긴 눈이 별도 없는 거리에 날리어라.

* 머흔 : 험난하고 사나운
* 치놋다 : 치는구나
* 아사리느니 : 움츠러들며 떨다
* 예시니 : 가시니

# 삽사리

그날 밤 그대의 밤을 지키든 삽사리 괴임즉도 하이 짙은 울 가시사립 굳이 닫히었거니 덧문이오 미닫이오 안의 또 촛불 고요히 돌아환히 새우었거니 눈이 치로 쌓인 고삳길 인기척도 아니하였거니 무엇에 후젓허든 맘 못 뇌히길래 그리 짖었드라니 어름 아래로 잔돌사이 뚫로라 죄죄대든 개올 물소리 기어들세라 큰 봉을 돌아 둥그레둥긋이 넘쳐오든 이윽달도 선뜻 내려 설세라 이저리 서대든* 것이러냐 삽사리 그리 굴음즉도 하이 내사 그댈새레* 그대 것엔들 닿을 법도 하리 삽사리 짖다 이내 허울한 나룻 도사리고 그대 벗으신 고운신이마 위하며 자드니라.

* 이저리 서대든 : 왔다 갔다 하며 나대던
* 새레 : 커녕

# 나비

시키지 않은 일이 서둘러 하고 싶기에 난로에 싱싱한 물푸레 갈어 지피고 등피 호 호 닦어 끼우어 심지 튀기니 불꽃이 새록 돋다 미리 떼고 걸고 보니 캘린더 이튿날 날짜가 미리 붉다 이제 차츰 밟고 넘을 다람쥐 등솔기같이 구브레 벋어나갈 연봉(連峯) 산맥 길 위에 아슬한 가을 하늘이여 초침 소리 유달리 뚝딱거리는 낙엽 벗은 산장(山莊) 밤 창유리까지에 구름이 드뉘니 후 두 두 두 낙수 짓는 소리 크기 손바닥 만한 어인 나비가 따악 붙어 들여다본다 가엾어라 열리지 않는 창 주먹 쥐어 징징 치니 날을 기식(氣息)도 없이 네 벽이 도로혀 날개와 떤다 해발 오천 척 위에 떠도는 한 조각 비 맞은 환상 호흡하노라 서툴리 붙어 있는 이 자재화(自在畵) 한 폭은 활 활 불 피어 담기어 있는 이상스런 계절이 몹시 부러웁다 날개가 찢어진 채 검은 눈을 잔나비처럼 뜨지나 않을까 무서워라 구름이 다시 유리에 바위처럼 부서지며 별도 휩쓸려 내려가 산 아래 어느 마을 위에 총총하뇨 백화숲 희부옇게 어정거리는 절정 부유스름하기 황혼 같은 밤.

# 진달래

한 골에서 비를 보고 한 골에서 바람을 보다 한 골에 그늘 딴 골에 양지 따로따로 갈어 밝다 무지개 햇살에 빗걸린* 골 산벌 떼 두름박지어 위잉위잉 두르는 골 잡목수풀 누릇 붉읏 어우러진 속에 감초혀 낮잠 듭신 칡범 냄새 가장자리를 돌아 어마어마 기어 살어 나온 골 상봉(上峰)에 올라 별보다 깨끗한 돌을 드니 백화가지 위에 하도 푸른 하늘…… 포르르 풀매…… 온 산중 홍엽(紅葉)이 수런수런거린다 아랫절 불 켜지 않은 장방에 들어 목침을 달쿠어 발바닥 꼬아리를 숨숨 지지며 그제사 범의 욕을 그놈 저놈 하고 이내 누웠다 바로 머리맡에 물소리 흘리며 어느 한 곬으로 빠져나가다가 난데없는 철 아닌 진달래 꽃사태를 만나 나는 만신(萬身)을 붉히고 서다.

* 빗걸린 : 비스듬하게 걸리다

# 호랑나비

화구(畵具)를 메고 산을 첩첩 들어간 후 이내 종적이 묘연하다 단풍이 이울고 봉(峯)마다 찡그리고 눈이 날고 영(嶺) 위에 매점(賣店)은 덧문 속문이 닫히고 삼동(三冬)내— 열리지 않었다 해를 넘어 봄이 짙도록 눈이 처마와 키가 같었다 대폭(大幅) 캔버스 위에는 목화송이 같은 한 떨기 지난해 흰 구름이 새로 미끄러지고 폭포 소리 차츰 불고 푸른 하늘 되돌아서 오건만 구두와 안신이 나란히 놓인 채 연애(戀愛)가 비린내를 풍기기 시작했다 그날 밤 집집 들창마다 석간(夕刊)에 비린내가 끼치었다 박다(博多) 태생 수수한 과부 흰 얼굴이사 회양(淮陽) 고성(高城) 사람들끼리에도 익었건만 매점 바깥주인 된 화가는 이름조차 없고 송홧가루 노랗고 뻑 뻐국 고비 고사리 고부라지고 호랑나비 쌍을 지어 훨 훨 청산(靑山)을 넘고.

# 예장(禮裝)

'모오닝코오트'에 예장을 갖추고 대만물상(大萬物相)에 들어간 한 장년 신사가 있었다 구만물(舊萬物) 위에서 아래로 내려뛰었다 웃저고리는 내려가다가 중간 솔가지에 걸리어 벗겨진 채 와이샤쓰 바람에 넥타이가 다칠세라 납족이 엎드렸다 한겨울 내— 흰 손바닥 같은 눈이 내려와 덮어 주곤 주곤 하였다. 장년이 생각하기를 「숨도 아이에 쉬지 않어야 춥지 않으리라」고 주검다운 의식을 갖추어 삼동(三冬)내— 부복(俯伏)하였다 눈도 희기가 겹겹이 예장같이 봄이 짙어서 사라지다.

# 백록담

# Ⅱ

# 선취(船醉)

해협이 일어서기로만 하니깐
배가 한사코 기어오르다 미끄러지곤 한다.

괴롬이란 참지 않어도 겪어지는 것이
주검이란 죽을 수 있는 것같이.

뇌수(腦髓)가 튀어나올라고 지긋지긋 견딘다.
꼬꼬댁 소리도 할 수 없이

얼빠진 장닭처럼 건들거리며 나가니
갑판은 거북등처럼 뚫고 나가는데 해협이 업히랴고만 한다.

젊은 선원이 숫제 하-모니카를 불고 섰다.
바다의 삼림에서 태풍이나 만나야 감상(感傷)할 수 있다는 듯이

암만 가려 드딘대도 해협은 자꾸 꺼져 들어간다.
수평선이 없어진 날 단말마의 신혼여행이여!

오직 한낱 의무(義務)를 찾어내어 그의 선실로 옮기다.
기도도 허락되지 않는 연옥에서 심방(尋訪)하랴고

계단을 내리랴니깐
계단이 올라온다.

도어를 부둥켜안고 기억할 수 없다.
하늘이 죄어들어 나의 심장을 짜노라고

영양(令孃)은 고독도 아닌 슬픔도 아닌
올빼미 같은 눈을 하고 체모에 기고 있다.

애련을 베풀가 하면
즉시 구토가 재촉된다.

연락선에는 일체로 간호(看護)가 없다.
징을 치고 뚜우 뚜우 부는 외에

우리들의 짐짝 트렁크에 이마를 대고
여덟 시간 내— 간구(懇求)하고 또 울었다.

# 유선애상(流線哀傷)

생김생김이 피아노보담 낫다.
얼마나 뛰어난 연미복(燕尾服) 맵시냐.

산뜻한 이 신사를 아스팔트 위로 곤돌라인듯
몰고들 다니길래 하도 딱하길래 하루 청해왔다.

손에 맞는 품이 길이 아주 들었다.
열고 보니 허술히도 반음(半音) 키-가 하나 남었더라.

줄창 연습을 시켜도 이건 철로판에서 밴 소리로구나.
무대로 내보낼 생각을 아예 아니했다.

애초 달랑거리는 버릇 때문에 궂인날 막잡어부렸다.
함초롬 젖여 새초롬하기는새레 회회 떨어 다듬고 나선다.

대체 슬퍼하는 때는 언제길래
아장아장 팩팩거리기가 위주냐.

허리가 모조리 가느래지도록 슬픈 행렬에 끼어
아주 천연스레 굴든 게 옆으로 솔쳐나자*—

춘천(春川) 삼백 리 벼룻길을 냅다 뽑는데
그런 상장(喪章)을 두른 표정은 그만하겠다고 꽥- 꽥-

몇 킬로 휘달리고나서 거북처럼 흥분한다.
징징거리는 신경 방석 위에 소스듬* 이대로 견딜밖에.

쌩쌩이 날러오는 풍경들을 뺨으로 헤치며
내처 살폿 엉긴 꿈을 깨어 진저리를 쳤다.

어느 화원으로 꾀어내어 바늘로 찔렀더니만
그만 호접(蝴蝶)같이 죽드라.

* 솔쳐나자 : 빠져나오자
* 소스듬 : 그런대로 잠깐

# 백록담

Ⅲ

# 춘설(春雪)

문 열자 선뜻!
먼 산이 이마에 차라.

우수절(雨水節) 들어
바로 초하루 아침,

새삼스레 눈이 덮힌 뫼뿌리와
서늘옵고 빛난 이마받이하다.

어름 금 가고 바람 새로 따르거니
흰 옷고름 절로 향기롭워라.

옹숭거리고 살어난 양이
아아 꿈 같기에 설어라.

미나리 파릇한 새순 돋고
옴직 아니 기던 고기 입이 오물거리는,

꽃 피기 전 철 아닌 눈에
핫옷* 벗고 도로 칩고* 싶어라.

* 핫옷 : 솜을 넣은 겨울옷
* 칩고 : 춥고

# 소곡(小曲)

물새도 잠들어 깃을 사리는
이 아닌 밤에,

명수대(明水臺) 바위 틈 진달래꽃
어찌면 타는 듯 붉으뇨.

오는 물, 기는 물,
내쳐 보내고, 헤어질 물

바람이사 애초 못 믿을 손,
입맞추곤 이내 옮겨가네.

해마다 제철이면
한 등걸에 핀다기소니,

들새도 날러와
애닯다 눈물짓는 아침엔,

이울어 하롱하롱 지는 꽃잎,
설지 않으랴, 푸른 물에 실려가기,

아깝고야, 아기자기
한창인 이 봄밤을,

촛불 켜들고 밝히소.
아니 붉고 어찌료.

# 백록담

# IV

# 파라솔

연잎에서 연잎 내가 나듯이
그는 연잎 냄새가 난다.

해협을 넘어 옮겨다 심어도
푸르리라, 해협이 푸르듯이.

불시로 상기되는 뺨이
성이 가시다, 꽃이 스사로 괴롭듯.

눈물을 오래 어리우지 않는다.
윤전기 앞에서 천사처럼 바쁘다.

붉은 장미 한 가지 고르기를 평생 삼가리,
대개 흰 나리꽃으로 선사한다.

원래 벅찬 호수에 날러들었던 것이라
어차피 헤기는 헤어 나간다.

학예회 마지막 무대에서
자폭(自暴)스런 백조인 양 흥청거렸다.

부끄럽기도 하나 잘 먹는다.
끔직한 비-프스테이크 같은 것도!

오피스의 피로에
태엽처럼 풀려왔다.

램프에 갓을 씌우자
도어를 안으로 잠갔다.

기도(祈禱)와 수면의 내용을 알 길이 없다.

포효하는 검은 밤, 그는 조란(鳥卵)처럼 희다.

구기어지는 것 젖는 것이

아주 싫다.

파라솔같이 채곡* 접히기만 하는 것은

언제든지 파라솔같이 펴기 위하야—

* 채곡 : 차곡

# 별

창을 열고 눕다.
창을 열어야 하늘이 들어오기에.

벗었던 안경을 다시 쓰다.
일식이 개이고 난 날 밤 별이 더욱 푸르다.

별을 잔치하는 밤
흰 옷과 흰 자리로 단속하다.

세상에 안해와 사랑이란
별에서 치면 지저분한 보금자리.

돌아누워 별에서 별까지
해도(海圖)없이 항해하다.

별도 포기포기 솟았기에
그중 하나는 더 훽지고

하나는 갓 낳은 양
여릿여릿 빛나고

하나는 발열하야
붉고 떨고

바람엔 별도 쓸리다
회회 돌아 살어나는 촛불!

찬물에 씻기어
사금(砂金)을 흘리는 은하!

마스트* 아래로 섬들이 항시 달려 왔었고
별들은 우리 눈썹기슭에 아스름 항구가 그립다.

대웅성좌(大熊星座)가
기웃이 도는데!

청려(淸麗)한 하늘의 비극에
우리는 숨소리까지 삼가다.

이유는 저세상에 있을지도 몰라
우리는 제마다 눈감기 싫은 밤이 있다.

잠재기 노래 없이도
잠이 들다.

* 마스트 : 돛대

# 슬픈 우상

이 밤에 안식(安息)하시옵니까.

내가 홀로 속엣 소리로 그대의 기거를 문의할 삼어도 어찌 홀한 말로 붙일 법도 한 일이오니까.

무슨 말씀으로나 좀 더 높일 만한 좀 더 그대께 마땅한 언사(言辭)가 없사오리까.

눈감고 자는 비둘기보담도, 꽃그림자 옮기는 겨를에 여미며 자는 꽃봉오리보담도, 어여삐 자시올 그대여!

그대의 눈을 들어 풀이하오리까.

속속들이 맑고 푸른 호수가 한 쌍.

밤은 함폭 그대의 호수에 깃들이기 위하야 있는 것이오리까.

내가 감히 금성(金星) 노릇하야 그대의 호수에 잠길 법도 한 일이오리까.

단정히 여미신 입시울,* 오오, 나의 예(禮)가 혹시 흩으러질까 하야 다시 가다듬고 풀이하겠나이다.

여러 가지 연유가 있사오나 마침내 그대를 암표범처럼 두리고* 엄위(嚴威)롭게 우러르는 까닭은 거기 있나이다.

아직 남의 자최가 놓이지 못한, 아직도 오를 성봉(聖峯)이 남어 있으랑이면, 오직 하나일 그대의 눈(雪)에 더 희신 코, 그러기에 불행하시게도 계절이 난만(爛熳)할지라도 항시 고산식물의 향기 외에 맡으시지 아니하시옵니다.

경건히도 조심조심히 그대의 이마를 우러르고 다시 뺨을 지나 그대의 흑단빛 머리에 겨우겨우 숨으신 그대의 귀에 이르겠나이다.

희랍에도 이오니아 바닷가에서 본 적도 한 조개껍질, 항시 듣기 위한 자세이었으나 무엇을 들음인지 알 리 없는 것이었나이다.

기름같이 잠잠한 바다, 아주 푸른 하늘, 갈매기가 앉어도 알 수 없이 흰 모래, 거기 아무것도 들릴 것을 찾지 못한 적에 조개껍질은 한갈로* 듣는 귀를 잠착히 열고 있기에 나는 그때부터 아주 외로운 나그네인 것을 깨달었나이다.

마침내 이 세계는 비인 껍질에 지나지 아니한 것이, 하늘이 쓰이우고 바다가 돌고 하기로소니 그것은 결국 딴 세계의 껍질에 지나지 아니하였습니다.

조개껍질이 잠착히 듣는 것이 실로 다른 세계의 것이었음에 틀림없었거니와 내가 어찌 서럽게 돌아서지 아니할 수 있었겠습니까.

바람소리도 아무 뜻을 이루지 못하고 그저 겨우 어룰한 소리로 떠돌아다닐 뿐이었습니다.

그대의 귀에 가까이 내가 방황할 때 나는 그저 외로이 사라질 나그네에 지나지 아니하옵니다.

그대의 귀는 이 밤에도 다만 듣기 위한 맵시로만 열리어 계시기에!

이 소란한 세상에서도 그대의 귓기슭을 둘러 다만 주검같이 고요한 이오니아 바다를 보았음이로소이다.

이제 다시 그대의 깊고 깊으신 안으로 감히 들겠나이다.

심수한 바다 속속에 온갖 신비로운 산호를 간직하듯이 그대의 안에 가지가지 귀하고 보배로운 것이 가초아 계십니다.

먼저 놀라올 일은 어찌면 그렇게 속속드리 좋은 것을 지니고 계신 것이옵니까.

심장, 얼마나 진기한 것이옵니까.

명장(明匠) 희랍의 손으로 탄생한 불세출의 걸작인 뮤-즈로도 이 심장을 차지 못하고 나온 탓으로 마침내 미술관에서 슬픈 세월을 보내고 마는 것이겠는데 어찌면 이러한 것을 가지신 것이옵니까.

생명의 성화를 끊임없이 나르는 백금보다도 값진 도가니인가 하오면 하늘과 땅의 유구한 전통인 사랑을 모시는 성전인가 하옵니다.

빛이 항시 농염하게 붉으신 것이 그러한 증좌로소이다.

그러나 간혹 그대가 세상에 향하사 창을 열으실 때 심장은 수치를 느끼시기 가장 쉬웁기에 영영 안에 숨어버리신 것이로소이다.

그 외에 폐는 얼마나 화려하고 신선한 것이오며 간과 담은 얼마나 요염하고 심각하신 것이옵니까.

그러나 이들을 지나치게 빛깔로 의논할 수 없는 일이옵니다.

그 외에 그윽한 골 안에 흐르는 시내요 신비한 강으로 풀이할 것도 있으시오나 대강 섭렵하야 지나옵고,

해가 솟는 듯 달이 뜨는 듯 옥토끼가 조는 듯 뛰는 듯 미묘한 신축(伸縮)과 만곡(彎曲)을 갖은 적은 언덕으로 비유할 것도 둘이 있으십니다.

이러이러하게 그대를 풀이하는 동안에 나는 미궁에 든 낯선 나그네와 같이 그만 길을 잃고 허매겠나이다.

그러나 그대는 이미 모이시고 옴치시고 마련되시고 배치와 균형이 완전하신 한 덩이로 계시어 상아와 같은 손을 여미시고 발을 고귀하게 포기시고 계시지 않습니까.

그러고 지혜와 기도(祈禱)와 호흡으로 순수하게 통일하셨나이다.

그러나 완미(完美)하신 그대를 풀이하올 때 그대의 위치와 주위를 또한 반성치 아니할 수 없나이다.

거듭 말씀이 번거로우나 원래 이 세상은 비인 껍질같이 허탄하온대 그중에도 어찌하사 고독의 성사(成舍)를 차정(差定)하여 계신 것이옵니까.

그러고도 다시 명철한 비애로 방석을 삼어 누워 계신 것이옵니까.

이것이 나로는 매우 슬픈 일이기에 한밤에 짓지도 못하올 암담한 삽살개와 같이 창백한 찬 달과 함께 그대의 고독한 성사를 돌고 돌아 수직(守直)하고 탄식하나이다.

불길한 예감에 떨고 있노니 그대의 사랑과 고독과 정진으로 인하야 그대는 그대의 온갖 미와 덕과 화려한 사지(四肢)에서, 오오,

그대의 전아(典雅) 찬란한 괴체(塊體)에서 탈각(脫却)하시어 따로 따기실 아침이 머지않어 올까 하옵니다.

그날 아침에도 그대의 이오니아 바닷가의 흰 조개껍질같이 역시 듣는 맵시로만 열고 계시겠습니까.

흰 나리꽃으로 마지막 장식을 하여드리고 나도 이 이오니아 바닷가를 떠나겠습니다.

* 입시울 : 입술의 방언. 입술의 옛말
* 두리고 : 두려워하고
* 한갈로 : 한결같이

## 백록담

## V

# 이목구비

사나운 짐승일수록 코로 맡는 힘이 날카로워 우리가 아무런 냄새도 찾어내지 못할 적에도 셰퍼-드란 놈은 별안간 씩씩거리며 제 꼬리를 제가 물고 뺑뺑이를 치다시피 하며 땅을 호비어 파며 짖으며 달리며 하는 꼴을 보면 워낙 길들은 짐승일지라도 지겹고 무서운 생각이 든다. 이상스럽게는 눈에 보이지 아니하는 도적을 맡어내는 것이다. 설령 도적이기로소니 도적놈 냄새가 따로 있을게야 있느냐 말이다. 딴 골목에서 제 홀로 꼬리를 치는 암놈의 냄새를 만나도 보기 전에 맡아내며 설레고 낑낑거린다면 그것은 혹시 몰라 그럴싸한 일이니 견주어 말하기에 예(醴)답지 못하나마 사람끼리에도 그만한 후각은 설명할 수 있지 아니한가. 도적이나 범죄자의 냄새란 대체 어떠한 것일까. 사람이 죄로 인하야 육신이 영향을 입는다는 것은 체온이나 혈압이나 혹은 신경작용이나 심리현상으로 세밀한 의논을 할 수 있을 것이나 직접 농후한 악취를 발한대서야 견딜 수 있는 일이냐 말이다. 예전 성인의 말씀에 죄악을 범한 자의 영혼은 문둥병자의 육체와 같이 부패하여 있다 하였으니 만일 영혼을 직접 냄새로 맡을 수만 있다면 그야말로 견디어내지 못할 별별 악취가 다 있을 것이니 이쯤 이야기하여 오는 동안에도 어쩐지 몸이 군시럽고 징그러워진다. 다행히 후각이란 그렇게 예민한 것으로 되지 않었기에 서로 연애나 약혼도 할 수 있고 예를 갖추어 현구고*도 할 수도 있고 자진하여 손님 노릇하러 가서 융숭한 대접도 받을 수 있고 러시아워 전차 속에서도 그저 견딜 만하고 중대한 의사를 끝까지 진행하게 되는 것이 아니었던가. 더욱이 다행한 일은 약간의 경찰범 이외에는 셰퍼-드란 놈에게 쫓길 리 없이 대개는 물리어죽지 않고 지나온 것이다. 그러나 사람으로 말하면 그의 후각의 불완전함으로 인하야 고식지계(姑息之計)를 이어 나가거니와 순수한 영혼으로만 존재한 천사로 말하면 헌 누더기 같은 육체를 갖지 않고 초자연적 영각(靈覺)과 지혜를 갖추었기에 사람의 영혼상태를 꿰뚫어 간섭하기를 햇빛이 유리를 지나듯 할 것이다. 위태한 호숫가로 달리는 어린아이 뒤에 바로 천사가 따러 보호하는 바에야 죄악의 절벽으로 달리는 우리 영혼 뒤에 어찌 천사가 애타하고 슬퍼하지 않겠는가. 물고기는 부패하랴는 즉시부터 벌써 냄새가 다르다. 영혼이 죄악을 계획하는 순간에 천사는 코를 막고 찡그릴 것이 분명하다. 세상에 셰퍼-드를 경계할 만한 인사는 모름지기 천사를 두려워하고 사랑할 것이어니 그대가 이 세상에 떨어지자 하늘에 별이 하나 새로 솟았다는 신화를 그대는 무슨 이유로 믿을 수 있을 것이냐. 그러나 그대를 항시 보호하고 일깨우기 위하야 천사가 따른다는 신앙을 그대는 무슨 이론으로 거부할 것인가. 천사의 후각이 햇빛처럼 섬세하고 또 신속하기에 우리의 것은 훨석 무디고 거칠기에 우리는 도로혀 천사가 아니었던 행복을 누릴 수 있는 것이었으니 이 세상에 거룩한 향내와 깨끗한 냄새를 가리어 맡을 수 있는 것이니 오월 달에도 목련화 아래 설 때 우리의 오관(五官)을 얼마나 황홀히 조절할 수 있으며 장미의 진수를 뽑아 몸에 지닐 만하지 아니한가. 셰퍼-드란 놈은 목련의 향기를 감촉하는 것 같이도 아니하니 목련화 아래서 그놈의 아무런 표정도 없는 것을 보아도 짐작할 것이다. 대개 경찰범이나 암놈이나 고깃덩이에 날카로울 뿐인 것이 분명하니 또 그리고 그러한 등속의 냄새를 찾어낼 때 그놈의 소란한 동작과 황당한 얼굴짓을 보기에 우리는 적이 괴롬을 느낄 수밖에 없다. 사람도 혹시는 부지중 그러한 세련되지 못한 표정을 숨기지 못할 적이 없으란 법도 없으니 불시로 침입하는 냄새가 그렇게 요염한 때이다. 그러기에 인류의 얼굴을 다소 장중히 보존하여 불시로 초조히 흐트러짐을 항시 경계할 것이요 이 목구비를 고르고 삼갈 것이로다.

* 현구고 : 새로 시집온 여자가 폐백을 가지고 처음으로 뵙는 것

# 예양(禮讓)

전차에서 내리어 바로 버스로 연락(連絡)되는 거리인데 한 십오 분 걸린다고 할지요. 밤이 이윽해서 돌아갈 때에 대개 이 버스 안에 몸을 실리게 되니 별안간 폭취(暴醉)를 느끼게 되어 얼굴에서 우그럭우그럭하는 무슨 음향이 일든 것을 가까스로 견디며 쭈그리고 앉어 있거나 그렇지 못한 때는 갑자기 헌솜같이 피로해진 것을 깨달을 수 있는 것이 이 버스 안에서 차지하는 잠시 동안의 일입니다. 이즘은 어쩐지 밤이 늦어 교붕(交朋)과 중인(衆人)을 떠나서 온전히 제 홀로된 때 취기와 피로가 삽시간에 급습하여 오는 것을 깨닫게 되니 이것도 체질로 인(因)해서 그런 것이 아닐지요. 버스로 옮기기가 무섭게 앉을 자리를 변통해내야만 하는 것도 실상은 서서 씰리기에 견딜 수 없이 취했거나 삐친 까닭입니다. 오르고 보면 번번이 만원인데도 다행히 비집어 앉을 만한 자리가 하나 비어 있지 않었겠습니까. 손바닥을 살짝 내밀거나 혹은 머리를 잠간 굽히든지 하여서 남의 사이에 끼일 수 있는 약소(略少)한 예의를 베풀고 앉게 됩니다. 그러나 나의 피로를 잊을만 하게 그렇게 편편한 자리가 아닌 것을 알었습니다. 양옆에 완강한 젊은 골격이 버티고 있어서 그 틈에 끼워 있으랴니까 물론 편편치 못한 이유 외에 무엇이겠습니까마는 서서 쓰러지는 이보다는 끼워서 흔들리는 것이 차라리 안전한 노릇이 아니겠습니까. 만원 버스 안에 누가 약속하고 비어놓은 듯한 한 자리가 대개는 사양(辭讓)할 수 없는 행복같이 반가운 것이었습니다. 사람의 일상생활이란 이런 대수롭지 않은 일이 되풀이하는 것이 거의 전부이겠는데 이런 하치못한 시민을 위하야 버스 안에 비인 자리가 있다는 것은 말하자면 '아무것도 없다는 것보담은 겨우 있다는 것이 더 나은 것이다'라는 원리로 돌릴 만한 일이 아니겠습니까. 그래도 종시 몸짓이 불편한 것을 그대로 견디어야만 하는 것이니 불편이란 말이 잘못 표현된 말입니다. 그 자리가 내게 꼭 적합하지 않었던 것을 나중에야 알었습니다. 말하자면 동그란 구멍에 네모진 것이 끼웠다거나 네모난 구멍에 동그란 것이 걸렸을 적에 느낄 수 있는 대개 그러한 저어감(齟齬感)에 다소 초조하였던 것입니다. 그렇기로소니 한 십오 분 동안의 일이 그다지 대단한 노역이랄 것이야 있습니까. 마침내 몸을 가벼이 솔치어 빠져나와 집에까지의 어두운 골목길을 더덕더덕 걷게 되는 것이었습니다. 그 이튿날 밤에도 그때쯤 하여 버스에 오르면 그 자리가 역시 비어 있었습니다. 만원 버스 안에 자리 하나가 반드시 비어 있다는 것이나 또는 그 자리가 무슨 지정을 받은 듯이나 반드시 같은 자리요 반드시 나를 기다렸다가 앉히는 것이 이상한 일이 아닙니까. 그도 하루 이틀이 아니요 여러 밤을 두고 한갈로 그러하니 그 자리가 나의 무슨 미신(迷信)에 가까운 숙록(宿

綠)으로서거나 혹은 무슨 불측(不測)한 고장으로 누가 급격히 낙명(落名)한 자리거나 혹은 양복 궁둥이를 더럽힐 만한 무슨 오점이 있어서거나 그렇게 의심쩍게 생각되는데 아무리 들여다보아야 무슨 실큿한 혈흔 같은 것도 붙지 않았습니다. 하도 여러 날 밤 같은 현상을 되풀이하기에 인제는 버스에 오르자 꺼어멓게 비어있는 그 자리가 내가 끌리지 아니치 못할 무슨 검은 운명과 같이 보히어 실큿한 대로 그대로 끌리게 되었습니다. 그러나 여러 밤을 연해 앉고 보니 자연히 자리가 몸에 맞어지며 도로혀 일종의 안이감을 얻게 된 것입니다. 그러나 더욱 괴상한 노릇은 바로 좌우에 앉은 두 사람이 밤마다 같은 사람들이었습니다. 나이가 실상 이십 안팎밖에 아니 되는 청춘남녀 한 쌍인데 나는 어느 쪽으로도 씰릴수 없는 꽃과 같은 남녀이었습니다. 이야기가 차차 괴담에 가까워갑니다마는 그들의 의상도 무슨 환영처럼 현란한 것이었습니다. 혹은 내가 청춘과 유행에 대한 예리한 판별력을 상실한 나이가 되어 그런지는 모르겠으나 밤마다 나타나는 그들 청춘 한 쌍을 꼭 한사람들로 여길 수밖에 없습니다. 이 괴담과 같은 버스 안에 이국인과 같은 청춘남녀와 말을 바꿀 일이 없었고 말었습니다. 그러나 그 자리가 종시 불편하였던 원인을 추세하여 보면 아래같이 생각되기도 합니다.

1. 나의 양 옆에 그들은 너무도 젊고 어여뻤던 것임이 아니었던가.

2. 그들의 극상품의 비누냄새 같은 청춘의 체취에 내가 견딜 수 없었던 것이 아닐지?

3. 실상인즉 그들 사이가 내가 쪼기고 앉을 자리가 아이예 아니었던 것이나 아닐지?

대개 이렇게 생각되기는 하나 그러나 사람의 앉을 자리는 어디를 가든지 정하여지는 것도 사실이지요. 늙은 사람이 결국 아랫목에 앉게 되는 것이니 그러면 그들 청춘남녀 한 쌍은 나를 위하야 버스 안에 밤마다 아랫목을 비워놓은 것이나 아니었을지요? 지금 거울 앞에서 아침 넥타이를 매며 역시 오늘 밤에도 비어 있을 꺼어먼 자리를 보고 섰습니다.

# 비

몸이 좀 의실의실한데도 물이 차저지는 것은 떳떳한 갈증이 아닌 것을 알 수 있다.

입시울이 메마르기에 거풀이 까실까실 이른 줄도 알었다. 아픈 데가 어디냐고 하면 아픈 데는 없다고 할 수밖에 없다. 손으로 이마를 진찰하야 보았다. 알 수 없다.

이마에 대한 외과가 아닌 바에야 이마의 내과이기로소니 손바닥으로 알 수 있을 게 무어냐. 어떻게 보면 열이 있고 또 어찌 생각하면 열이 없다. 그러나 이 손바닥 진찰이 아주 무시되어 온 것도 아니다.

이 법이 본래 할머니께서 내 어린 이마에 쓰시던 법인데 이 나이가 되도록 이 법으로써 대개는 가볍게 흘리어 버리기도 하고 아스피린 따위로 타협하여 버리기도 하고 몸이 찌뿌두데한데도 불구하고 단연 부정하여버리고 항간(巷間)으로 일부러 분주히 돌아다니기도 하였다.

기숙사에서 지날 적에는 대개 펴놓인 채로 있던 이불 속으로 가축처럼 공손히 들어가 모처럼만에 흐르는 눈물이 솜 냄새에 눌리워버리기도 하였다.

대체로 손바닥 판단이 그대로 서게 되고 마는 것이었다.

오늘도 오후 두 시의 나의 우울은 나의 이마에 나의 손이 가게 되는 것이다 그러나 용이(容易)히 결정하지 아니하였다.

보리차를 생각하였다. 탁자 위에 찻종이 모조리 뒤집혀 놓인 대로 있는 놈이 하나도 없다. 놓일 대로 놓여 있음에 틀림없다. 그러나 그것은 찻종으로 차가 마시워졌다는 것밖에 아니 된다. 이것이 마신 것이로라고 바로 놓아두는 것이 한 예의로 되었다.

예의는 이에 그치고 마침내 찻종이 있는 대로 치근치근하고 지저분하고 보리 찌꺼기를 앉친 채로 있게 되는 것이다.

오늘은 날도 몹시 흐리고 음산하다. 오피스 안에는 낮불이 들어왔는데도 밝지 않다.

목멱산(木覓山) 중허리를 내려와 덮은 구름은 무슨 악의를 품은 것이 차라리 더러운 구름이다. 십일월 들어서서 비늘 같고 자개 장식 같고 목화 피여 나가듯 하는 담담한 구름은 아니고 만다.

시계가 운다. 울곤 씨그르르…… 울곤 씨그르르…… 텁텁한 소리가 따르는 것은 저건 무슨 고장일까. 짜증이 난다.

종이 운다. 이약 종으로서 무슨 재차븐하고 으젓지 않은 소리냐. 어쨌든 유치원 이래로 여운(餘韻)을 내보지 못한 소리다. 별안간 이 관제중(管制中)에 뮛도야지 귀창이라도 찢여 헤칠 만한 격렬한 사이렌 소리를 듣고 싶다. 지저분한 공기에 새로운 진폭이 그리웁다.

약간 항분(亢奮)을 느낀다.

군데군데가 더웁다. 먼저 이마 그리고 겨드랑이 손이 마자 발열하고 보니 손이란 원래 간이(簡易)한 진찰에나 쓰는 것밖에 아니 된다.

비낱이 듣는가 했더니 제법 떨어진다.

아연판(亞鉛版)같이 무거운 하늘에서 떨어지는 비는 아연판을 치는 소리가 난다.

뿌리는 비, 날리는 비, 부으 뜬 비, 붓는 비, 쏟는 비, 뛰는 비, 그저 오는 비, 허둥지둥하는 비, 촉촉 좇는 비, 쫑알거리는 비, 지나가는 비, 그러나 십일월 비는 건너 가는 비다. 이박자 폴카춤 스텝을 밟으며. 그리하야 십일월 비는 흔히 가욋것이 많다.

※

벌서 유리창에 날벌레 떼처럼 매달리고 미끄러지고 엉키고 또그르 궁글고 홈이 지고 한다. 매우 간이(簡易)한 풍경이다.

그러나 빗방울은 관찰을 세밀히 하게 하는 것이 아닐까. 내가 오늘 유유히 나를 고늘 수 없으니 만폭의 풍경을 앞에 펼칠 수 없는 탓이기도 하다.

빗방울을 시름없이 들여다보는 겨를에 나의 체중이 희한히 가비여웁고 슬퍼지는 것이다. 설령 누가 나의 쭉지를 핀으로 창살에 꼭 꽂아둘지라도 그대로 견딜 것이리라.

나의 인생도 그 많은 항하사(恒河沙)와 같다는 별 중에 하나로 비길 배가 아니오 한 점 빗방울로 떨고 매달린 것이 아니련가.

이것은 약간의 갈증으로 인하야 이다지 세심하여지는 것이나 아닐까. 그렇지도 아니한 것이, 뛰어나가 수도를 탁 터치어 놓을 수 있을 것이겠으나 별로 그리할 맛도 없고 구태여 물을 마시어야 할 것도 아니고 보니 나의 갈증이란 인후나 위장에 따른 것이라기보다는 순수히 신경적이거나 혹은 경미한 정도로 정신적인 것일는지도 모른다.

오피스를 벗어나왔다.

레인코오트 단추를 꼭꼭 잠그고 깃을 세워 턱아리까지 싸고 소프트로 누르고 박쥐우산 안으로 바짝 들어서서 그리고 될 수 있는 대로 가리어 드디는 것이다.

버섯이 피어오른 듯 호줄그레 늘어선 도시에서 진흙이 조금도 긴치 아니하려니와 내가 찬비에 젖어서야 쓰겠는가.

안경이 흐리운다. 나는 레인코오트 안에서 옴츠렸다. 나의 편도선을 아주 주의하야만 하겠기에, 무슨 경황에, 포올 베르렌의 슬픈 시(詩) 〈거리에 내리는 비〉를 읊조릴 수 없다.

비도 치워 우는 듯하야 나의 체열을 산산이 빼앗길 적에 나는 아무렇지도 않은 것같이 날신하여지기에 결국 아무렇지도 않다고 했다.

여마(驢馬)처럼 떨떨거리고 오는 흰 버스를 잡어탔다.

유리쪽마다 빗방울이 매달렸다.

오늘에 한해서 나는 한사코 빗방울에 걸린다.

버스는 후루룩 떨었다.

빗방울은 다시 날려와 붙는다. 나는 헤여보고 손가락으로 부벼보고 아이들처럼 고독하기 위하야 남의 체온에 끼인 대로 참한히 앉어 있어야 하겠고 남의 늘어진 긴 소매에 가리운 대로 잠착하야 하겠다.

빗방울마다 도시가 불을 켰다. 나는 심기일전하였다.

은막(銀幕)에는 봄빛이 한창 어울리었다. 호수에 물이 넘치고 금잔디에 속잎이 모다 자라고 꽃이 피고 사람의 마음을 꼬일 듯한 흙냄새에 가여운 춘희(椿姬)도 코를 대고 맡는 것이다. 미칠듯한 기쁨과 희망에 춘희는 희살대며 날뛰고 한다.

마을 앞 고목 은행나무에 꿀벌 떼가 두룸박처럼 끓어 나와 잉닝거리는 것이다. 마을사람들이 뛰어나와 이 마을 지킴 은행나무를 둘러쌓고 벌 떼 소리를 해가며 질서 없는 합창으로 뛰고 노는 것이다. 탬버-린에, 하다못해 무슨 기명 남스레기에 고끄랑나발 따위를 들고 나와 두들기며 불며 노는 것이다. 춘희는 하얀 질질 끌리는 긴 옷에 검은 띠를 띄고 쟁반을 치며 뛰는 것이다.

동네 큰 개도 나와 은행나무 아랫등에 앞발을 걸고 벌 떼를 집어삼킬 듯이 컹컹 짖어댄다.

그러나 은막에도 갑자기 비도 오고 한다. 춘희가 점점 슬퍼지고 어두어지지 아니치 못해진다. 춘희가 콩콩 기침을 할 적에 관객석에도 가벼운 기침이 유행된다. 절후(節候)의 탓으로 혹은 다감한 청춘사여(靑春士女)들의 폐첨(肺尖)에 붉고 더운 피가 부지중 몰리는 것이 아닐까. 부릇 나는 것일지도 모른다.

※

춘희는 점점 지친다. 그러나 흰나비처럼 파다거리며 흰 동백꽃에 황홀히 의지하련다. 대체로 다소 고풍스러운 슬픈 이야기라야만 실컷 슬프다.

흰 동백꽃이 아주 시들 무렵, 춘희는 점점 단념한다. 그러나 춘희의 눈물은 점점 깊고 세련된다.

은막에 내리는 비는 실로 좋은 것이었다. 젖어질 수 없는 비에 나의 슬픔은 촉촉할 대로 젖는다. 그러나 여자의 눈물이란 실로 고운 것인 줄을 알었다. 남자란 술을 가까이하야 굵을 수도 있다.

그러나 여자에 있어서는 그럴 수 없다. 여자란 눈물로 자라는 것인가 보다. 남자란 도박이나 결투로 임기응변할 수도 있다. 그러나 여자란 다만 연애에서 천재다.

동백꽃이 새로 꽂힐 때마다 춘희는 다시 산다. 그러나 춘희는 점점 소모된다. 춘희는 마침내 일가(一家)를 완성한다.

옆에 앉은 영양(令孃) 한 분이 정말 눈물을 흩으러 놓는다. 견딜 수 없이 느끼기까지 하는 것이다. 현실이란 어느 처소에서나 물론하고 처치에 인난(因難)하도록 좀 어리석은 것이기도 하고 좀 면난(面暖)하기도 한 것이다. 그레다 까르보 같은 사람도 평상시로 말하면 얼굴을 항시 가다듬고 펴고 진득이 굳이 않어서는 아니될 것이다. 먹세는 남보다 골라서 할 것이겠고 실상 사람이란 자기가 타고나온 비극이 있어 남몰래 앓을 병과 같어서 속에 지녀두는 것이요 대개는 분장으로 나서는 것임에 틀림없다.

어찌하였던 내가 이 영화관에서 벗어나가게 되고 말았다.

얼마쯤 슬픔과 무게(重量)를 사 가지고.

거리에는 비가 이땟것 흐느끼고 있는데 어둠과 안개가 길에 기고 있다.

따이야가 날리고 전차가 쨍쨍거리고 서로 곁눈 보고 비켜서고 오르고 내리고 사라지고 나타나는 것이 모다 영화와 같이 유창하기는 하나 영화처럼 곱지 않다. 나는 아주 열(熱)해졌다.

검은 커-튼으로 싼 어둠 속에서 창백한 감상이 아직도 떨고 있겠으나 나는 먼저 나온 것을 후회치 않어도 다행하다고 하였다. 그러나 다시 한 떼를 지어 브로마이드 말려들어가듯 흡수되는 이들이 자꼬 뒤를 잇는다.

나는 휘황이 밝은 불빛과 고요한 한구석이 그립은 것이다. 향그러운 홍다(紅茶) 한 잔으로 입을 추기어야 하겠고 나의 무게를 좀 덜랴만 하겠고 여러 가지 점으로 젖어 있는 나의 오늘 하루를 좀 가시우고 골러야 견디겠기에. 그러나 하루의 삶으로서 그만치 구기어지는 것도 어찌할 수 없는 일이다.

별로 여색(女色)이나 무슨 주초(酒草) 같은 것에 가까이 해서야만 그런 것이 아니라 하루를 지나고 저문 후에는 아무리 다리고 편다 할지라도 아주 판판해질 수는 없는 것이다. 더욱이 절후(節候)가 이렇게 고루지 못하고 신열(身熱)이 좀 있고 보면 더욱 그러한 것이다. 사람의 양식(良識)으로 볼지라도 아무리 청명하게 닦을지라도 다소 안개가 끼고 끄을고 하는 것을 면키 어려운 것이 아닌가.

그러므로 빗방울이라든지 동백꽃이라든지 눈물이라든지 의리, 인정, 그러한 것들이 모다 아름다운 것이기도 하고, 해로울 것도 없고,

기뻐함즉도 한 것이나 그것이 굴러가는 계절의 마찰을 따러 하루 삶이 주름이 잡히고 피로가 쌓인다. 설령 안개같이 가벼운 것임에 지나지 않을지라도.

이제로 집에 돌아가서 더운 김으로 얼굴을 흠빽 축이고 훌훌 마실 수 있는 더운 약을 마시리라. 집사람보고 부탁하기를 꿈도 없는 잠을 들겠으니 잠드는 동안에 땀을 거두어달라고 하겠다.

# 아스팔트

거르랑이면 아스팔트를 밟기도 한다. 서울 거리에서 흙을 밟을 맛이 무엇이랴.

아스팔트는 고무 밑창보담 징 한 개 박지 않은 우피 그대로 사폿사폿 밟어야 쫀득쫀득 받히우는 맛을 알게 된다. 발은 차라리 다이야처럼 굴러간다. 발이 한사코 돌아다니자기에 나는 자꾸 끌리운다. 발이 있어서 나는 고독치 않다.

가로수 이팔마다 발발(潑潑)하기 물고기 같고 유월 초승 하늘 아래 밋밋한 고층 건축들은 삼나무 냄새를 풍긴다. 나의 파나마는 새파랗듯 젊을 수밖에. 가견(家犬) 양산(洋傘) 단장(短杖) 그러한 것은 한아(閑雅)한 교양(教養)이 있어야 하기에 연애는 시간을 심히 낭비하기 때문에 나는 그러한 것들을 길들일 수 없다. 나는 심히 유창한 푸로레타리아트! 고무뽈처럼 퐁퐁 튀기어지며 간다. 오후 네 시 오피스의 피로가 나로 하여금 궤도일체(軌道一切)를 밟을 수 없게 한다. 장난감 기관차처럼 장난하고 싶고나. 풀포기가 없어도 종달새가 내려오지 않어도 좋은, 폭신하고 판판하고 만만한 나의 유목장 아스팔트! 흑인종은 파인애플을 통째로 쪼기어 새빨간 입술로 쪽쪽 들이킨다. 나는 아스팔트에서 조금 빗겨들어서면 된다.

탁! 탁! 튀는 생맥주가 폭포처럼 싱싱한데 황혼의 서울은 갑자기 팽창(澎漲)한다. 불을 켠다.

# 노인과 꽃

노인이 꽃나무를 심으심은 무슨 보람을 위하심이오니까. 등이 곱으시고 숨이 차신데도 그래도 꽃을 가꾸시는 양을 뵈오니, 손수 공들이신 가지에 붉고 빛나는 꽃이 맺으리라고 생각하오니, 희고 희신 나룻이나 주름살이 도로혀 꽃답도소이다.

나이 이순(耳順)을 넘어 오히려 여색(女色)을 길르는 이도 있거니 실로 누하기 그지없는 일이옵니다. 빛깔에 취할 수 있음은 빛이 어느 빛일는지 청춘에 맡길 것일는지도 모르겠으나 쇠년(衰年)에 오로지 꽃을 사랑하심을 뵈오니 거룩하시게도 정정하시옵니다.

봄비를 맞으시며 심으신 것이 언제 바람과 햇빛이 더워오면 고운 꽃봉오리가 촛불 켜듯 할 것을 보실 것이매 그만치 노래(老來)의 한 계절이 헛되이 지나지 않은 것이옵니다.

노인의 고담(枯淡)한 그늘에 어린 자손이 희희하며 꽃이 피고 나무와 벌이 날며 닝닝거린다는 것은 여년(餘年)과 해골을 장식하기에 이러탓 화려한 일이 없을 듯하옵니다.

해마다 꽃은 한 꽃이로되 사람은 해마다 다르도다. 만일 노인 백세 후에 기거하시던 창호가 닫히고 뜰 앞에 손수 심으신 꽃이 난만(爛熳)할 때 우리는 거기서 슬퍼하겠나이다. 그 꽃을 어찌 즐길 수가 있으리까. 꽃과 주검을 실로 슬퍼할 자는 청춘이요 노년의 것이 아닐까 합니다. 분방(奔放)히 끓는 정염이 식고 호화롭고도 홧홧한 부끄럼과 건질 수 없는 괴롬으로 수놓는 청춘의 웃옷을 벗은 뒤에 오는 청수(淸秀)하고 고고하고 유한(幽閑)하고 완강하기 학(鶴)과 같은 노년의 덕으로서 어찌 주검과 꽃을 슬퍼하겠습니까. 그러기에 꽃이 아름다움을 실로 볼 수 있기는 노경(老境)에서일가 합니다.

멀리 멀리 나- 따끝으로서 오기는 초뢰사(初瀨寺)의 백목단(白牧丹) 그중 일점(一點) 담홍(淡紅)빛을 보기 위하야.

의젓한 시인 포올 클로오델은 모란 한 떨기 만나기 위하야 이렇듯 멀리 왔더라니, 제자 위에 붉은 한 송이 꽃이 심성의 천진(天眞)과 서로 의지하며 즐기기에는 바다를 몇 식 건너 온다느니보담 미옥(美玉)과 같이 탁마된 춘추를 지니어야 할까 합니다.

실상 청춘(靑春)은 꽃을 그다지 사랑할 배도 없을 것이며 다만 하늘의 별물 속의 진주 마음속에 사랑을 표정하기 위하야 꽃을 꺾고 꽂고 선사하고 찢고 하였을 뿐이 아니었습니까. 이도 또한 노년의 지혜와 법열(法悅)을 위하야 청춘이 지나지 아니치 못할 연옥과 시련이기도 하였습니다.

명호(嗚呼) 노년과 꽃이 서로 비추고 밝은 그 어느 날 나의 나릇도 눈과 같이 희어지이다 하노니 나머지 청춘에 다이 설레나이다.

# 꾀꼬리와 국화

물오른 봄버들가지를 꺾어 들고 들어가도 문안 사람들은 부러워하는데 나는 서울서 꾀꼬리 소리를 들으며 살게 되었다.

새문 밖 감영 앞에서 전차를 내려 한 십 분쯤 걷는 터에 꾀꼬리가 우는 동네가 있다니깐 별로 놀라워하지 않을 뿐 외라 치하하는 이도 적다.

바로 이 동네 인사(人士)들도 매간에 시세가 얼마며 한 평에 얼마 오르고 내린 것이 큰 관심거리지 나의 꾀꼬리 이야기에 어울리는 이가 적다.

이삿짐을 옮겨다 놓고 한밤 자고난 바로 이튿날 햇살 바른 아침, 자리에서 일기도 전에 기왓골이 옥(玉)인 듯 쨔르르 쨔르르 울리는 신기한 소리에 놀랐다.

꾀꼬리가 바로 앞 나무에서 우는 것이었다.

나는 뛰어나갔다.

적어도 우리 집 사람쯤은 부지깽이를 놓고 나오던지 든 채로 황황히 나오던지 해야 꾀꼬리가 바로 앞 나무에서 운 보람이 설 것이겠는데 세상에 사람들이 이렇다시도 무딜 줄이 있으랴.

저녁때 한가한 틈을 타서 마을 둘레를 거니노라니 꾀꼬리뿐이 아니라 까토리가 풀섶에서 푸드득 날려갔다 했더니 장끼가 산이 쩌르렁하도록 우는 것이다.

산비둘기도 모이를 찾아 마을 어귀까지 내려오고, 시어머니 진지상 나수어다 놓고선 몰래 동산 밤나무 가지에 목을 매여 죽었다는 며느리의 넋이 새가 되었다는 며느리새도 울고 하는 것이었다.

며느리새는 외진 곳에서 숨어서 운다. 밤나무 꽃이 눈같이 힐 무렵, 아침 저녁 밥상 받을 때 유심히도 극성스럽게 우는 새다. 실큿하게도 슬픈 울음에 정말 목을 매는 소리로 끝을 맺는다.

며느리새의 내력을 알기는 내가 열세 살 적이었다.

지금도 그 소리를 들으면 열세 살 적 외롬과 슬픔과 무섬탐이 다시 일기에 며느리새가 우는 외진 곳에 가다가 발길을 돌이킨다.

나라 세력으로 자란 솔들이라 고스란히 서 있을 수밖에 없으려니와 바람에 솔소리처럼 아늑하고 서럽고 즐겁고 편한 소리는 없다. 오롯이 패잔한 후에 고요히 오는 위안 그러한 것을 느끼기에 족한 솔소리, 솔소리로만 하더라도 문 밖으로 나온 값은 칠 수밖에 없다.

동저고리 바람을 누가 탓할 이도 없으려니와 동저고리 바람에 따르는 홋홋하고 가볍고 자연과 사람에 항하야 아양 떨고 싶기까지 한 야릇한 정서 그러한 것을 나는 비로소 알어내었다.

팔을 걷기도 한다. 그러나 주먹은 잔뜩 쥐고 있어야 할 이유가 하나도 없고, 그 많이도 흉을 잡히는 입을 벌리는 버릇도 동저고리 바람엔 조금 벌려두는 것이 한층 편하고 수월하기도 하다.

무릎을 세우고 안으로 깍지를 끼고 그대로 아무 데라도 앉을 수 있다. 그대로 한나절 앉었기로소니 나의 게으른 탓이 될 수 없다. 머리 위에 구름이 절로 피명 지명 하고 골에 약물이 사철 솟아주지 아니하는가.

빼끔채꽃, 엉겅퀴송이, 그러한 것이 모다 내게는 끔찍한 것이다. 그 밑에 앉고 보면 나의 몸동아리, 마음, 얼, 할 것 없이 호탕하게도 꾸미어지는 것이다.

사치스럽게 꾸민 방에 들 맛도 없으려니와, 나이 삼십이 넘어 애인이 없을 사람도 빼끔채 자주꽃 피는 데면 내가 실컷 살겠다.

바람이 자면 노오란 보리밭이 후끈하고 송진이 고혀오르고 뻐꾸기가 서로 불렀다.

아침 이슬을 흩으며 언덕에 오를 때 대수롭지안히 흔한 달기풀꽃이라도 하나 업수히 여길 수 없는 것을 보았다. 이렇게 작고 푸르고 이쁜 꽃이었던가 새삼스럽게 놀라웠다.

요렇게 푸를 수가 있는 것일까.

손끝으로 익깨어 보면 아깝게도 곱게 푸른 물이 들지 않던가. 밤에는 반딧불이 불을 켜고 푸른 꽃잎에 오므라붙는 것이었다.

한번은 닭이풀꽃을 모아 잉크를 만들어가지고 친구들한테 편지를 염서(艷書)같이 써 붙이었다. 무엇보다도 꾀꼬리가 바로 앞 나무에서 운다는 말을 알리었더니 안악(安岳) 친구는 굉장한 치하 편지를 보냈고 장성(長城) 벗은 겸사겸사 멀리도 집아리를 올라왔었던 것이다.

그날사 말고 새침하고 꾀꼬리가 울지 않었다. 맥주 거품도 꾀꼬리 울음을 기다리는 듯 교요히 이는데 장성 벗은 웃기만 하였다.

붓대를 희롱하는 사람은 가끔 이러한 섭섭한 노릇을 당한다.

멀리 연기와 진애를 걸러오는 사이렌 소리가 싫지 않게 곱게 와 사라지는 것이었다.

꾀꼬리는 우는 제철이 있다.

이제 계절이 아주 바뀌고 보니 꾀꼬리는 커니와 며느리새도 울지 않고 산비둘기만 극성스러워진다.

꽃도 잎도 이울고 지고 산국화도 마지막 스러지니 솔소리가 억세여 간다.

꾀꼬리가 우는 철이 다시 오고 보면 장성 벗을 다시 부르겠거니와 아주 이우러진 이 계절을 무엇으로 기울 것인가.

동저고리 바람에 마고자를 포기어 입고 은(銀)단추를 달리라.

꽃도 조선(朝鮮) 황국(黃菊)은 그것이 꽃 중에는 새 틈에 꾀꼬리와 같은 것이다. 내가 이제로 황국을 보고 취하리로다.

# 비둘기

하루가리쯤 되는 텃밭 이랑에 손이 곱게 돌아가 있다.

갈고 흙덩이 고르고 잔돌 줏고 한 것이나 풀포기 한 잎 거친 것 없는 것이나 갓골을 거든히 돌라친 것이나 이랑에 흙이 다복다복 북돋으인 것이라든지가 바지런하고 일솜씨 미끈한 사람의 할 일이로구나 하였다. 논밭일은 못하였을망정 잘하고 못한 것이야 모를 게 있으랴.

갈보리를 벌써 뿌리었다기는 일고 김장 무배추로는 엄청 늦고 가랑파씨를 뿌린 상 싶다.

참새 떼가 까맣게 날러와 안기에 황겁히 활개를 치며 '우여어!' 소리를 질렀더니 그만 휘잉! 휘잉! 소리를 내며 쫓기어간다.

그도 그럴 적뿐이요 새도 눈치코치를 보고 오는 셈인지 어느 겨를에 또 날러와 짓바수는 것이다.

밭 임자의 품팔이꾼이 아닌 이상에야 한두 번이지 한나절 위한하고 새를 보아줄 수도 없는 일이다.

이번에는 난데없는 비둘기 떼가 한 오십 마리 날러오더니 이것은 네브카드네자르 군대들이나 되는구나.

이렇게 한바탕 치르고 나도 남을 것이 있는 것인가 하도 딱하기에 밭 임자인 듯한 이를 멀리 불러 물어보았다.

"씨갑씨 뿌려둔 것은 비둘기 밥 대주라고 한 게요?"

"그 어떻겁니까. 약을 쓰고 좇아도 하는 수 없으니."

"이 근처엔 비둘기가 그리 많소?"

"원한경 원목사 집 비둘긴데 하도 파먹기에 한번은 가서 사설을 했더니 자기네도 할 수 없다는 겁니다. 몇 마리 사랑탐으로 길른 것이 남의 집 비둘기까지 달고 들어와 북새를 노니 거두어 먹이지도 않는 바에야 우정 좇아낼 수도 없다는 겁디다."

"비둘기도 양옥집 그늘이 좋은 게지요."

"총으로 쏘던지 잡어 죽이던지 맘대로 하라곤 하나 할 수 있는 일입니까. 내버려두지요."

농사끝이란 희한한 것이 아닌가. 새한테 먹이고, 벌레도 한몫 태우고 풍재 수재 한재를 겪고 도지되고 짐수 치르고 비둘기한테 짓바시우고* 그래도 남는다는 것은 그래도 농사 끝밖에 없다는 것인가.

밭 임자는 남의 일 이야기하듯 하고 간 후에 열두어 살 전후쯤 된, 남매간인 듯한 아이들 둘이 깨어진 남비쪽 생철쪽을 들고 나와 밭머리에 진을 치는 것이다.

이건 곡하는 것인지 노래 부르는 것인지 야릇하게도 서러운 푸념이나 애원이 아닌가.

날김생에게도 애원은 통한다.

유유히 날러가는 것이로구나.

날김생도 워낙 억세고 보면 사람도 쇠를 치며 우는 수밖에 없으렸다.

농가 아이들을 괴임성스럽게 볼 수가 없다.

첫째 그들은 사나이니까 머리를 깎었고 계집아이니까 머리가 있을 뿐이요 몸에 걸친 것이 그저 구별과 이름이 부를 수는 있다. 그들의 치레와 치장이란 이에 그치고 만다.

허수아비는 이보다 더 허름한 옷을 입었다. 그래서 날김생들에게 영(令)이 서지 않는다.

그들은 철없어 복스런 웃음을 웃을 줄 모르고 웃음이 절로 어여뻐지는 옴식옴식 패이고 펴고 하는 볼이 없다.

그들은 씩씩한 물기와 이글거리는 핏빛이 없고 흙빛과 함께 검고 푸르다.

팔과 다리는 파리하고 으실 뿐이다.

그들은 영양(榮養)이 없이도 앓지 않는다.

눈도 아무 날래고 사나온 열기가 없다. 슬프지도 아니한 눈이다.

좀처럼 울지도 아니한다— 노래와 춤은 커니와.

그들은 이 가난하고 꾀죄죄한 자연에 나면서부터 견디고 관습이 익어왔다.

주리고 헐벗고 고독함에서 사람이란 인내와 단련이 필요한 것이 되겠으나 그들은 새삼스럽게 노력을 들이지 아니하여도 된다.

그들은 괴롭지도 아니하다.

그들은 세상에도 슬프게 생긴 무덤과 이웃하야 산다.

그들은 흙과 돌로 얽고 다시 흙으로 칠한 방 안에서 흙냄새가 맡어지지 아니한다.

그들은 어버이와 수척한 가축과 서로서로 숨소리와 잠꼬대를 하며 잔다.

그들의 어머니는 명절날이면 횟배가 아프다.

그들의 아버지는 명절날에 취하고 운다.

남부 이태리보담 푸르고 곱다는 하늘도 어쩐지 영원히 딴 데로만 향하야 한눈 파는 듯하야 구름도 꽃도 아무 장식이 될 수 없다.

* 짓바시우고 : 사람이 물건을 함부로 마구 두드려 잘게 깨뜨리다

# 육체

몽-끼라면 아시겠습니까. 몽-끼, 이름조차 멋대가리 없는 이 연장은 집터 다지는데 쓰는 몇 천 근이나 될지 엄청나게 크고 무거운 저울추 모양으로 된 그 쇳덩이를 몽-끼라고 이릅데다. 표준어에서 무엇이라고 제정하였는지 마침 몰라도 일터에서 일꾼들이 몽-끼라고 하니깐 그런 줄로 알밖에 없습니다.

몽치란 말이 잘못 되어 몽-끼가 되었는지 혹은 원래 몽-끼가 옳은데 몽치로 그릇된 것인지 어원에 밝지 못한 소치로 재삼 그것을 가리랴고는 아니하나 쇠몽치 중에 하도 육중한 놈이 되어서 생김새 등치를 보아 몽치보담은 몽-끼로 대접하는 것이 좋다고 나도 보았습니다.

크낙한 양옥을 세울 터전에 이 몽-끼를 쓰는데 굵고 크기가 전신주만큼이나 되는 장나무를 여러 개 훨석 윗등을 실한 쇠줄로 묶고 아랫등은 벌리어 세워놓고 다시 가운데 철봉을 세워 그 철봉이 몽-끼를 꿰뚫게 되어 몽-끼가 그 철봉에 꽂히인 대로 오르고 내리게 되었으니 몽-끼가 내려질리는 밑바닥이 바로 굵은 나무 기둥의 대구리*가 되어 있습니다. 이 나무 기둥이 바로 땅속으로 모주리 들어가게 된 것이니 기럭지가 보통 와가집 기둥만큼 되고 그 위로 몽-끼가 벽력같이 떨어질 거리가 다시 그 기둥 키만한 사이가 되어 있으니 결국 몽-끼는 땅바닥에서 이층집 꼭두만치는 올라가야만 되는 것입니다. 그 거리를 몽-끼가 기어오르는 꼴이 볼만하니 좌우로 한편에 일곱 사람씩 늘어서고 보면 도합 열네 사람에 각기 잡어다릴 굵은 참밧줄이 열네 가닥, 이 열네 가닥이 잡어다리는 힘으로 그 육중한 몽-끼가 기어올라가게 되는 것입니다. 단번에 올라가는 수가 없어서 한 절반에서 삽시 다른 장목으로 고이었다가 일꾼 열네 사람들이 힘찬 호흡을 잠깐 돌리었다가 다시 와락 잡어다리면 꼭두 끝까지 기어올라갔다가 내려질 때는 한숨에 내려박치게 되니 쿵웅 소리와 함께 기둥이 땅속으로 문찍문찍 들어가게 되어 근처 행길까지 들석들석 울리며 꺼져드는 것 같습니다. 그러한 노릇을 기둥이 모두 땅속으로 들어가기까지 줄곳 하야만 하므로 장정 열네 사람이 힘이 여간 키이는 것이 아닙니다. 그리하야 한 사람은 초성 좋고 장고 잘 치고 신명과 넉살 좋은 사람으로 옆에서 지경 닦는 소리를 멕이게 됩니다. 하나가 멕이면 열네 사람이 받고 하는 맛으로 일터가 흥성스러워지며 일이 쉴하게 부쩍부쩍 늘어갑니다. 그렇기에 멕이는 사람은 점점 흥이 나고 신이 솟아서 노래 사연이 별별 신기한 것이 연달어 나오게 됩니다. 애초에 누가 이런 민요를 지어냈는지 구절이 용하기는 용하나 좀 듣기에 면고한 데가 있습니다. 대개 큰애기, 총각, 과부에 관계된 것, 혹은 신작로, 하이칼라, 상투, 머리꼬리, 가락지 등에 관련된 것을 노래로 부르게 됩니다. 그리고 에헬렐레상사도로 '리프레인'이 계속됩니다. 구경꾼도 여자는 잠깐이라도 머뭇거릴 수가 없게 되니 아무리 노동꾼이기로 또 노래를 불러야 일이 쉴하고 불고하기로 듣기에 얼굴이 부끄러 와락와락 하도록 그런 소리를 할 것이야 무엇 있습니까. 그 소리로 무슨 그렇게 신이 나서 할 것이 있는지 야비한 얼굴짓에 허리아랫등과 어깨를 으씩으씩 하여 가며 하도 꼴이 그다지 애교로 사주기에는 너무도 나의 신경이 가늘고 약한가 봅니다. 그러나 육체노동자로서의 독특한 비판과 풍자가 있기는 하니 그것을 그대로 듣기에 좀 찔리기도 하고 무엇인지 생각케도 합니다. 이것도 육체로 산다기보다 다분히 신경으로 사는 까닭인가 봅니다. 그런데 몽-끼가 이 자리에서 기둥을 다 박고 저 자리로 옮기랴면 불가불 일꾼의 어깨를 빌리게 됩니다. 실한 장정들이 어깨에 목도로 옮기는데 사람의 쇄골(鎖骨)이란 이렇게 빳잘긴 것입니까. 다리가 휘청거리어 쓰러질까 싶게 갠신갠신히 옮기게 되는데 쇄골이 부러지지 않고 백이는 것이 희한한 일이 아닙니까. 이번에는 그런 입에 올리지 못할 소리는커녕 영치기 영치기 소리가 지기영 지기영 지기영 지기지기영으로 변하고 불과 몇 걸음 못 옮기어서 흑흑하며 땀이 물 솟듯 합데다. 짓궂인 몽-끼는 그 꼴에 매달려 가는 맛이 호숩은지 등치가 그만해가지고 어쩌면 하루 품팔이로 살어 가는 삯군 어깨에 늘어져 근드렁근드렁거리는 것입니까. 숫제 침통한 웃음을 견딜 수 없었습니다. 그 사람네는 이마에 땀을 내어 밥을 먹는다기보담은 시뻘건 살뎅이를 몇 점씩 뚝뚝 잡아 떼어내고 그리고 그 자리를 밥으로 때우어야만 사는가 싶도록 격렬한 노동에 견디는 것이니 설령 외설하고 음풍에 가까운 노래를 부를지라도 그것을 입시울에 그치고 말 것이요 몸동아리까지에 옮겨갈 여유도 없을까 합니다.

* 대구리 : '대가리'의 방언

## 작가 소개

정지용은 1902년 6월 20일 충북 옥천읍에서 한약상을 경영하던 정태국과 정미하 사이에서 4대 독자로 태어났다. 아명은 지용(池龍)이며 본명은 아명의 음을 가져다 지용(芝溶)으로 지었다고 전해진다. 1913년에 송재숙과 결혼했으며, 아버지의 영향으로 가톨릭에 입문했다.

정지용은 옥천공립보통학교를 마치고 1918년에 휘문고등보통학교에 진학했다. 휘문고등보통학교는 성적이 우수한 정지용에게 장학금을 주었고, 졸업 후에도 유학비를 지원했다. 휘문고등보통학교 1학년 때부터 문예 활동을 시작한 정지용은 동인지 《요람》을 통해 습작활동을 시작했는데, 《요람》의 동인으로 박제찬, 박팔양, 김화산 등이 있다. 《정지용 시집》 3부에 수록된 동시의 절반 이상이 당시 동인지 〈요람〉에 발표됐던 작품들이다. 뿐만 아니라 신석우 등과 함께 재학생과 동문이 참여하는 문우회(文友會)를 만들었고, 휘문고등보통학교의 교지 《휘문》을 발간했다. 정지용은 창간호에 최초 번역물 3편인 〈퍼-스포니와 수선화〉 〈여명의 여신 오-로아〉 〈기탄잴리〉 등을 발표했다.

1919년에 3 · 1운동의 영향으로 휘문고등보통학교에서도 동맹 휴학이 일었는데 이때 정지용은 이선근과 함께 집회를 열었다. 무기정학 처분을 받았던 정지용은 선배들의 구명 활동으로 학기를 모두 마칠 수 있었고, 졸업 후 1923년에 휘문고등보통학교의 지원으로 도시샤대학에 입학했다.

이후 1926년 6월에는 유학생 문학지《학조(學潮)》창간호에〈카페 프란스〉〈슬픈 인상화〉〈파충류 동물〉등 모더니즘적인 시를 발표하면서 공식적인 문학 활동을 시작했다. 이어《조선지광》《신민》등에 작품을 발표하며 시인으로 활동했다. 일본의《근대풍경》에 3년간〈카페 프란스〉〈바다〉〈갑판 위〉등 시 13편, 수필 3편을 발표했다. 유학 중에 정지용에게 영향을 준 시인으로 윌리엄 블레이크를 들 수 있는데, 정지용은 블레이크의 시〈봄에게〉〈초밤 별에게〉를《시문학》2호에,〈소곡 1〉〈소곡 2〉〈봄〉을《대조(大潮)》에 번역하여 발표하기도 했다.

1929년 도시샤대학을 졸업하며 그해 9월 휘문고등보통학교에 영어과 교사로 부임했다. 이듬해 1930년에는《시문학》동인에 가담하면서 김영랑, 박용철과 활동했다. 정지용은 박용철이《시문학》에 이어 발간한 잡지《문예월간》과《문학》에 계속 작품을 발표했다.

1933년 6월에 정지용은《가톨릭 청년》의 편집고문역으로 활동했는데 이후〈임종〉〈별〉〈갈릴레아바다〉등을 발표했으며 같은 해 모더니즘의 대표적 운동이라 볼 수 있는 구인회(九人會)에 가담하여

문학 공개 강좌 개최와 기관지 《시와 소설》 간행에 참여했다.

1935년에 정지용의 최초의 시집인 《정지용 시집》이 시문학사에서 발행됐다. 《정지용 시집》은 총 5부로 나누어져 있으며 총 87편의 시와 2편의 산문이 수록됐다. 또한 이 시집의 맨 뒤에 박용철의 발문이 수록되어 있으며 1부와 4부의 작품은 가톨릭으로 개종한 이후의 신앙시의 성격이 강한 작품들로 이루어져 있고, 2부와 3부는 정지용의 초기 작품 시편들로 구성됐다. 5부의 산문 2편은 소묘의 성격을 띠고 있다. 《정지용 시집》에 수록된 작품들 가운데 '바다'에 관한 시가 유독 많은 것도 한 가지 특징인데, 1941년에 발행한 《백록담》의 '산'의 시편과 대응을 이루고 있다.

1941년에 정지용은 두 번째 시집 《백록담》을 문장사에서 간행했다. 절제된 감정과 잘 다듬어진 언어의 아름다움이 절정에 이르렀다는 평을 받는 시집으로 총5부로 구성되어 있다. 시의 제목인 〈백록담〉을 포함해 1~4부까지 25편의 시, 5부에 8편의 산문을 수록하고 있다. 1941년 문장사에서 처음 출간된 이후, 1946년 백양사에서 재판을 찍었고 1950년 동명출판사에서 3판을 찍을 정도로 인기였다고 전해진다.

1945년 8 · 15 해방 이후 정지용은 이화여자대학교 교수로 취임해 라틴어와 한국어를 강의했다. 다음 해인 1946년에는 경향신문의 창간과 함께 주간으로 취임했고, 같은 해 조선문학가동맹의 중앙집행위원을 맡아 사설을 편집했으며 《지용시선》이 을유문화사에서 간행되었다. 이듬해 이화여자대학교에 복직하며 서울대학교에서 시경

(詩經)을 강의하기도 했으나, 1948년 대학 강단을 떠나 녹번동의 초당에서 독서와 서예로 소일하며 시론집 《문학독본》을 박문출판사에서 출간했다. 이듬해인 1949년에는 산문집 《산문(散文)》을 동지사에서 출간했다. 1950년 6 · 25전쟁 이후의 행적은 알려진 바가 없는데, 1953년경 북한에서 사망한 것이 정설로 알려져 있다.

정지용은 우리 근대시사에서 주요한 위치를 차지하며 후배 문인들에게 많은 영향을 끼쳤다. 또한 혼란한 시대의 틈 속에서 유려한 문체와 대상의 선명한 묘사로 일상을 노래했다. 동양적이고 목가적인 독자적 시 세계를 개척한 시인으로서, 한국어의 속성을 파악하고 언어의 감각미를 구축한 정지용의 문학은 오늘날까지도 독자들에게 많은 사랑을 받고 있다.

## 작가 연보

1902년 충북 옥천군에서 정태국과 정미하의 장남으로 태어났다. 정지용의 부친이 한약상을 하여 여유 있는 생활을 누렸으나 어느 해 여름 홍수로 집과 재산을 잃고 가세가 기울기 시작했다.

1910년 옥천공립보통학교(현재 죽향초등학교)에 입학했다.

1913년 동갑인 송재숙과 결혼했다.

1918년 휘문고등보통학교에 입학했다. 재학 당시의 친구들로는 홍사용, 박종화, 김윤식, 이태준 등이 있었다. 또한 휘문보통고등학교의 교지《휘문》창간호의 편집위원으로 활동했다.

1919년 3·1운동이 일어나 '휘문사태'의 주동으로 지목되어 이선근과 함께 무기정학을 받고 수업을 받지 못했다. 같은 해 12월 《서광》 창간호에 소설 〈삼인〉을 발표했다.

1922년 휘문고등보통학교를 졸업했다. 아버지의 친구 유복영의 집에서 생활했다. 같은 해에 첫 시 〈풍랑몽〉을 썼다.

1923년 교비생으로 일본 교토의 도시샤대학 영문과에 입학했다.

1924년 시 〈석류〉 〈민요풍 시편〉을 발표했다.

1925년 〈새빨간 기관차〉 〈바다〉 등의 여러 시편을 발표했다.

1926년 《학조》 창간호에 〈카페 프란스〉 등 9편의 시를 발표하고 이후 〈다알리아〉 〈홍춘〉 등 3편의 시를 추가로 발표하며 문단 활동을 시작했다.

1927년 〈벗나무 열매〉 〈갈매기〉 〈갑판 위〉 〈향수〉 등 다수의 시를 발표했다.

1928년 《동지사문학》 3호에 일어로 쓴 시 〈말(馬) 1.2〉를 발표했다.

1929년 도시샤대학 영문학과를 졸업하고 귀국했다. 그해 9월 모교인 휘문고등보통학교에 영어과 교사로 부임했고 종로구 효자동에 자리 잡았다.

1930년 《시문학》에 동인으로 참가했다. 함께 활동했던 동인으로는 박용철, 김영랑, 이하윤 등이 있다. 같은 해 〈겨울〉 〈유리창〉 등 20여 편의 시와 번역 시인 〈소곡〉(블레이크 원작) 등을 발표했다.

1932년 〈고향〉 〈열차〉 등 10편의 시를 발표했다.

1933년 6월에 창간된 《가톨릭 청년》에 편집고문을 맡으며 8편의 시와 산문을 발표했다. 또한 모더니즘계 운동인 구인회에 가담했다.

1934년 종로구 재동으로 이사했고 《가톨릭 청년》에 〈다른 하늘〉 〈또

하나 다른 태양〉 등의 시를 발표했다.

1935년 첫 시집《정지용 시집》을 시문학사에서 출간했다. 기존에 발표했던 작품 89편이 이 책에 수록됐다.

1936년 서대문구 북아현동으로 이사했다.《소년》에 〈옥류동〉〈별똥이 떨어진 곳〉을 발표했다.

1938년 산문 〈꾀꼬리와 국화〉, 산문시 〈슬픈 우상〉〈비로봉〉, 평론 〈시와 감상〉 등 약 30여 편을 발표했다. 또한 블레이크와 휘트먼의 시를 번역하여 최재서가 엮은《해외서정시집》에 수록했다.

1939년 《문장》의 시 부문 추천위원을 맡아 조지훈, 박두진, 박목월, 김종한, 이한직, 박남수 등이 등단하는 데 도움을 줬다. 같은 해 〈백록담〉 등 7편의 시와 〈시의 옹호〉〈시의 언어〉 등 5편의 평론 및 수필 등을 발표했다.

1941년 《문장》 특집호에 〈조찬〉〈진달래〉 등 10편의 시를 기고했다. 두 번째 시집《백록담》이 문장사에서 발간됐다.

1944년 부천군 소사읍 소사리로 이사했다.

1945년 8·15해방과 함께 휘문중학교 교사직을 그만두고 이화여자대학교에서 한국어와 라틴어를 강의했다.

1946년 서울의 성북구 돈암동으로 이사했다 . 같은 해 6월에《지용시선》이 을유문화사에서 간행됐으며 경향신문사 주간을 맡았다.

1947년 경향신문사의 주간직을 사임하고 이화여자대학교 교수로 복직했으며, 서울대학교에 강사로 강연을 하기도 했다. 경향신문에 〈청춘과 소년〉 등 7편의 번역 시와 〈사시안의 불행〉 등을 발표했다.

1948년 이화여자대학교를 사임하고 녹번리 초당에서 소일거리를 했다. 같은 해 박문출판사에서 《문학독본》이 출간됐다. 〈사시안의 불행〉 등 37편의 시문, 수필, 기행문 등이 수록됐다.

1949년 《산문》을 동지사에서 출간했다. 여기에 시문, 수필 등 55편이 수록됐다.

1950년 《문예》에 〈곡마단〉 〈사사조오수(四四調五首)〉를 발표했다. 6·25전쟁이 일어나자 정치보위부에 끌려가 구금되었다. 1953년에 평양으로 이감된 후 폭사(爆死)했다고 전해진다.

백록담 : 1941년 문장사 오리지널 표지디자인

초판1쇄 펴낸날 2016년 11월 10일

지은이 정지용
펴낸이 장영재
펴낸곳 (주)미르북컴퍼니
자회사 더스토리
전 화 02)3141-4421
팩 스 02)3141-4428
등 록 2012년 3월 16일(제313-2012-81호)
주 소 서울시 마포구 성미산로32길 12, 2층 (우 03983)
E-mail sanhonjinju@naver.com
카 페 cafe.naver.com/mirbookcompany

(주)미르북컴퍼니는 독자 여러분의 의견에
항상 귀 기울이고 있습니다.

파본은 책을 구입하신 서점에서 교환해 드립니다.
책값은 뒤표지에 있습니다.